DEUIL

ET

SOUVENIR,

PAR

L.... T......

MONTAUBAN,

IMPRIMERIE FORESTIÉ NEVEU, RUE DU VIEUX-PALAIS.

—

1869.

DEUIL ET SOUVENIR.

DEUIL

ET

SOUVENIR,

PAR

L. . . . T. . . . . .

MONTAUBAN,

IMPRIMERIE FORESTIÉ NEVEU, RUE DU VIEUX-PALAIS.

—

1869.

A GABRIELLE T......, NÉE DU P.. DE G....

A toi que Dieu me fit connaître
Dans ces jours heureux qu'ici-bas
Sa grâce ne prodigue pas,
A toi pour qui je devais naître !

Tremblant et peu sûr de mes pas,
Mieux vaudrait m'abstenir peut-être,
Et sans murmure me soumettre
Au dur arrêt de ton trépas.

Mais mon cœur couvre mon audace ;
Ta chère image que j'embrasse,
M'invite et m'absout tour à tour.

Et malgré leur fragile trame
Ces vers, faible écho de mon âme,
Toujours te diront mon amour !

L. T.

LE 17 AOUT 1868.

LE 17 AOUT 1868.

Elle était mon espoir, ma joie et ma lumière,

Mais votre volonté, mon Dieu! s'impose en tout :

L'astre, de ses rayons dorant ma vie entière,

    S'est éclipsé ce dix-sept août.

J'ai perdu dans ce jour, ange plutôt que femme,

    Cette compagne de mon âme,

    Que vous m'offrîtes à l'autel,

Dont vous aviez nourri le cœur ardent et sage,

Dont vous aviez gravé l'inaltérable image,

    Dans votre séjour immortel!

Jour fatal! j'ai perdu mon guide et mon amie,

Celle qui près de moi, sur la couche où je dors,

Gardant comme un trésor les secrets de ma vie,

    Voilait mes soucis et mes torts.

Elle aussi donnait tout : sa beauté, sa tendresse,

    Ses jours de peine ou d'allégresse,

    Au fidèle époux de son choix :

Adorable union, que cimentaient ses charmes,

Qu'affermissaient encor la prière et les larmes,

    Sous une mutuelle croix.

Est-il sûr, ô mon cœur, que tout ce que je pleure,

Qu'une vie aussi chère et que tant de vertus,

A mon foyer éteint, ne laissent, à cette heure,

    Que regrets amers, superflus;

Que tout espoir humain se soit fermé sur elle!

    Que son doux nom de Gabrielle

    Ne s'éveille qu'au son des glas!

Que je ne puisse plus caresser, ni poursuivre

Mon bonheur, son amour qui me trouble et m'enivre

    Même après son cruel trépas!

J'aurais cru qu'avec nous un si rare mérite,

Devait longtemps, Seigneur, attendre vos faveurs,

Et que vous auriez craint d'interrompre trop vite

Cet accord touchant de deux cœurs.

Soutenant ses efforts, sa lutte douloureuse,

Sur la terre ingrate, oublieuse,

N'étais-je pas un tendre époux?

N'étais-je pas flatté des succès de sa vie,

Comme je suis encor jaloux, comme j'envie

Le bonheur qu'elle a près de vous?

Et se peut-il, mon Dieu! qu'aujourd'hui rien qu'une ombre,

Pour l'esprit des pervers, voisine du néant,

Dans le vide, où se perd ma vie obscure et sombre,

Me tienne lieu de votre enfant!

Ne reverrai-je plus l'étoile radieuse,

Qui me guidait, si généreuse,

M'attirant sans effort vers vous?

N'aurais-je eu qu'un éclair, qu'une brillante aurore

De ce rayonnement, où se reflète encore

Mon jour passé qui fut si doux.....

Fille aux égards pieux, sœur affectionnée,

Ame exhalant le bien, comme un parfum la fleur,

Nulle part apparente, et partout devinée

Sous le voile de sa candeur,

Elle vivait de paix, d'amitié, de constance,

Dans son équitable balance

Ayant indulgence et bonté ;

Au mensonge opposant cette vérité nue,

Pour d'autres incomprise, et souvent mal venue,

Mais qu'adorait sa loyauté.

D'être utile à chacun constamment empressée,

Son dévoûment hâtait son réveil, son lever ;

Elle imposait partout ses actes, sa pensée,

Bien sûre de tout relever.

Digne dans son maintien, dans son port noble et fière,

On la proclamait la première

Aussi pour son humilité ;

Car d'un illustre sang et d'une pure race,

Si modeste ! il semblait qu'elle demandât grâce

Pour son rang et pour sa beauté.

Jamais on ne la vit, s'armant d'un dur sourire,

Sur sa lèvre exprimer l'ironique dédain,

Sa bouche n'immola personne à la satire,

    Ne médit jamais du prochain.

Des double-sens trompeurs, des détours du langage,

    Ses mots, vrais comme son visage,

    Évitaient le faux, le semblant :

On eût dit que son âme, au-dehors transparente,

Se plaisait à laisser sa pensée apparente,

    Pour nos regards la contemplant.

Discrète, elle permit à peine, dans le monde,

A son solide esprit de prendre son essor ;

Il fallait pour entrer dans cette âme profonde,

    Pénétrer son divin ressort.

Son courage égalait pourtant sa modestie,

    Et dans une noble partie,

    Sans rivale par son entrain,

Elle aurait fièrement, montant son isabelle,

A vingt beaux cavaliers, galopant après elle,

    Disputé le but du chemin.

Bien qu'elle dédaignât les œuvres trop futiles,

Et qu'elle n'approuvât ni charges, ni brocards,

Ni jeux de mots légers, ni phrases inutiles,

　　Elle honorait lettres, beaux-arts.

Poursuivant l'idéal, fidèle aux grands poètes,

　　Sondant leurs âmes inquiètes,

　　Elle aimait Dante, Calderon;

Mais vivant toujours loin de l'aigreur, de la haine,

Et des mondes obscurs, où le remords se traîne,

　　Elle gémissait sur Byron.

Quand elle visitait l'église ou le musée,

Donnant la préférence à tout noble pinceau

Que l'art pur inspirait, qu'animait la pensée,

　　Son cœur seul jugeait un tableau.

Et quand sous son regard se fixait la peinture

　　Des maîtres chers à la nature,

　　Des Titien, des Raphaël,

Elle nous traduisait, éloquent interprète,

Les merveilleux secrets de leur riche palette,

　　Leur génie émané du ciel!

Franchissant les degrés qui montent en spirales,

Légère, elle atteignait le sommet des donjons;

Elle admirait surtout nos vieilles cathédrales

Que l'art enroule de cordons.

Devant ces monuments de la foi de nos pères,

Devant ces sombres sanctuaires,

Sur lesquels planent des soupirs,

Elle allait, exhalant ce qu'une âme blessée,

D'espérance et d'amour nourrit dans sa pensée,

A l'éveil de ces souvenirs.

Mais c'était, ô mon Dieu, dans son humble prière,

Qu'elle vous invoquait de sa voix, de son cœur,

Ne trouvant qu'en vous seul la paix et la lumière,

Tout son espoir, ô mon Sauveur!

De beaux livres chéris, d'héroïques histoires,

A Notre-Dame-des-Victoires

Rattachaient ses pieux sanglots;

Autour de cette image, au vif éclat des cierges,

Elle allait écouter les cantiques des vierges,

Et leurs mélodieux échos.

Et puis seule, ô Marie, oubliée à sa place,

Vous glissant son secret, vous contant ses revers,

Elle baignait vos pieds, n'implorant qu'une grâce,

Qu'exprimaient des regrets amers.

J'ai vu, vingt ans ainsi, souffrir, prier ma dame,

Vous pouviez lire dans son âme,

Avez-vous pu sécher ses pleurs?

O Mère de pitié, Vierge compatissante,

Avez-vous écouté sa voix attendrissante,

Vous confiant tant de douleurs ?

Elle est morte, ô mon Dieu! d'un regret, d'une peine;

Son amour et sa foi l'ont conduite au tombeau...

Dites-moi qu'elle a ceint sa couronne de reine,

Qu'à son côté brille un flambeau!

Qu'elle est là, près de vous, bienheureuse, immortelle,

Mon épouse, ma Gabrielle,

M'aimant et m'attendant aux cieux;

Que je puis espérer la revoir, ô mon père,

Avec tous les attraits qui l'ornaient sur la terre,

Éternellement sous vos yeux !

Ah! je comprends l'exil! Dans la vie éphémère,

Il est pour qui ne voit de douceur qu'en la mort,

Qui dans son abandon, dans son deuil solitaire,

N'a pour refuge que ce port;

Pour celui qui vécut d'estime et de caresse,

Dans une mutuelle ivresse,

Confondant plaisir et devoir,

Qui reposant, vingt ans, son cœur sur un cœur d'ange,

A l'ombre des vertus rencontra, sans mélange,

D'heureux jours, qu'il ne doit plus voir.

Et cependant, Seigneur, épiant notre vie,

Dans notre ombre combien s'étaient montrés jaloux

D'une telle union, par vous-même assortie,

D'un bonheur qui venait de vous;

Combien, mieux inspirés, suivant de loin nos traces,

Au mileu même des disgrâces,

Comme exemple de cœurs unis,

Comme modèle à suivre en ce monde profane,

Où toute joie est courte, où toute fleur se fane,

Exaltaient nos liens bénis.

2

Assis autour de nous, des amis, des poètes,

Touchés de ces devoirs qu'elle savait remplir,

Par leurs concerts joyeux embellissaient nos fêtes,

  Promettant de nous revenir.

Ils disaient : « Quand on voit tous les dons de la vie

  « Devant soi, comment, je vous prie,

  « Comment ne se pas récrier :

« Dans vos réalités aussi belles qu'un rêve,

« Et dans cet idéal qu'un tel charme soulève

  « Comment ne pas vous envier.

« Il faut, pour s'affranchir de toutes ces misères,

« Du calme, du bon sens, un esprit ferme et fort,

« Se dire : devant Dieu, tous les hommes sont frères;

« Savoir que bien souvent s'abaissent les barrières,

« Et trouver des amis dont les conseils sincères

« Aident à supporter les caprices du sort.....

« Et vous, des dons du cœur le plus vivant emblème,

« Vous que dans ces beaux lieux on chérit à l'extrême,

« Qu'il est doux de vous voir lorsque, au bras de Louis,

« Vous accueillez si bien les vieux amis qu'il aime,

« Avec ces mots charmants dont ils sont réjouis.

« Votre hospitalité loyale, généreuse,

« A laissé parmi nous un touchant souvenir;

« Dans cette vaste salle ouverte, toute heureuse,

« Où la franche gaité régnait un peu verbeuse,

« Près de vos bons parents, notre troupe joyeuse,

« Entre nous, songera parfois à revenir.

« Amis, en vous quittant ce n'est plus de l'envie

« Que l'on sent l'aiguillon, notre âme est asservie

« Par l'invincible attrait de la fraternité;

« Spectacle délicat d'une paisible vie,

« Donnez à nos esprits calme et sérénité (1). »

(1) Un mois à peine avant sa mort, si inattendue, Madame Louis T.....
avait reçu, sur son domaine de Varennes, les principaux membres de la Société

Les chants suivaient les chants : « Frais berceaux de verdure

« Qui voilent tour à tour et dévoilent les cieux.

« Vases, plafonds dorés, repos, loisirs, murmure,

« Tout sourit à la muse en ce séjour heureux.

« Mais, ô vous, qu'en secret tout admire et tout aime,

« Vous à qui tout complaît, reine de ces beaux lieux,

« C'est vous, votre bonté, votre grâce suprême,

« Qui lui plaisent surtout et qui charment ses yeux.

« Que ne puis-je, à vos pieds, apporter à cette heure,

« Son tribut de respect et, comme je le dois,

« Parfumer pour un jour cette noble demeure

« Des fleurs qu'en son jardin je cueillais autrefois... (1). »

archéologique de Tarn-et-Garonne et quelques autres amis de son mari, également estimables. C'est dans cette réunion, qui ne laissait pas pressentir un si grand deuil, que furent improvisés ces vers faciles que nous avons voulu rappeler.

(1) M. Charles de L.... improvisait, à la même occasion, ces dernières strophes, inspirées par sa muse indulgente et affectueuse.

Poètes! suspendez les sons de votre lyre:

Amis, ils ne sont plus ces innocents plaisirs;

Le sombre désespoir est l'air que l'on respire,

Sous l'écho de mes vains soupirs!

Chants trompeurs qui n'offrez, pour étancher mes larmes,

Que le souvenir de ses charmes,

Laissez-moi souffrir et pleurer.

Ah! laissez à Varenne, à mon âme abîmée,

Le deuil de cette tombe à peine encor fermée,

Que votre encens vient soulever.

Vide et néant! plus rien, dans ce monde, en attente,

Quand dans son blanc linceul sa douce ombre vous suit

Qu'un songe affreux qui pèse en vous et vous tourmente

Sur son cercueil, durant la nuit.

De jour, à tous les pas m'arrête son image:

Ainsi qu'un enfant sans courage,

Fuyant devant son propre cœur,

Je tremble et je me trouble à l'espoir de sa vue,

Et je sens s'égarer ma raison éperdue,

Dans une insondable douleur!

Je ne maudirai pas cette terre où nous sommes,

Où l'or est disputé dans d'incessants débats,

Où le plus beau spectacle est d'admirer les hommes

    S'entretuant dans les combats.

Mais loin de vous plaisirs bruyants, fêtes pompeuses,

    Nos âmes pures, généreuses,

    S'aimaient, ne vous regrettant pas.

Jaloux de leurs secrets, désireux du mystère,

Nos rêves s'envolaient, dans l'azur solitaire,

    Sans jamais descendre aussi bas.

Pour compatir à ceux dont le cœur vous implore

Il est doux cependant de vivre, d'être deux,

Et nous aurions, ainsi, lutté longtemps encore

    Dans ce monde si malheureux.

On supporte la vie, on souffre sans murmure,

    Sous cette croix que Dieu mesure,

Suivant sa force, à tout chrétien.

Et nous aurions voulu nous dévouer ensemble,

A ceux que le malheur ou que la foi rassemble,

Et dont la grâce est le soutien.

Dieu nous avait unis; ses lois impénétrables

Ont brisé, pour toujours, mon fragile destin.

Distraire ma pensée en rêves effroyables,

Aller sans but soir et matin,

Obéir à sa loi, marcher comme au supplice,

Sous son infaillible justice,

En redemandant mon amour;

Porter, traîner partout mon inusable chaîne,

Serait mon dur arrêt, mon éternelle peine!...

Mais je dois la revoir un jour!

Tourne vers moi tes yeux, écoute ma prière,

O bel ange, ô ma vie, ô mon espoir divin!

Songe à ton doux appel quand tu quittais la terre

Sur les ailes d'un séraphin ;

Abrège mon exil : que bientôt sur nos tombes,

Sous deux symboliques colombes

Marquant des jours évanouis,

On puisse entrelacer en souvenir, en gage,

De la tendre union dont nous fûmes l'image,

Nos noms : Gabrielle et Louis !

SON AGONIE.

SON AGONIE.

Toujours la même scène absorbe ma pensée,

Moi, témoin sans courage, elle, libre d'esprit,

Elle dont la douceur ne s'est jamais lassée,

Et qui dans sa souffrance encore me sourit.

J'interroge son mal, je verse sur sa bouche

L'aliment sans effet, le remède impuissant,

Et j'aperçois, hélas! s'installant sur sa couche

D'une éternelle nuit le spectre menaçant.

Quand, trompant tout espoir, le froid, cruel symptôme,

Se glisse dans sa veine, en frisson de douleur,

Mes bras sont un foyer, mes baisers sont un baume,

Rappelant dans son corps une douce chaleur.

L'amour seul comprendra ce triste et tendre office :

Je presse avidement sous ma lèvre et ma main,

Pour tâcher d'éviter que la mort l'envahisse,

Ce sang qui, malgré moi, se glacera demain.

Je consulte, anxieux, sa paupière alourdie,

Son regard, que la fièvre enflamme tous les jours,

Sa main mise en ma main, en m'exprimant sa vie,

Me dit qu'elle aime encor, qu'elle aimera toujours.

C'est ainsi que mon nom, sur ses lèvres plus rare,

Revient quand, soutenant son beau corps adoré,

J'attends le sort affreux que sa fin me prépare,

Et je cache mes pleurs, sombre, désespéré!

Triste écho du passé, devrais-je encor t'entendre?

Pourrais-je supporter ce déchirant retour,

Pour la dernière fois peut-être, d'un mot tendre

Exprimant ses regrets, son adieu, son amour.

Sous son front qui pâlit j'ai senti son délire,

J'ai confondu mon trouble et ses égarements;

Dans son œil, presque éteint, jusqu'au bout j'ai pu lire

Sa confiance en Dieu, ses pieux sentiments.

Et quand l'instant fatal, où fuit l'âme ravie,

Nous a dit : « Tournez-vous vers le ciel, plus d'espoir! »

J'ai pris dans un baiser le reste de sa vie;

Son souffle, en s'éteignant, me disait : au revoir!

Elle n'existait plus, mais souriait encore !

Et froide, inanimée, aux regrets de mon cœur

Ce sourire indiquait, plus que l'airain sonore,

Son triomphe, sa paix, son éternel bonheur !

ENCORE.

ENCORE.

Pourquoi toujours me revenir,

Sombre tableau de sa souffrance,

Quand, pour ma dure pénitence,

Dans mes bras elle a dû mourir.

3

Lutte affreuse, que j'ai suivie

Dans sa parole et son regard,

M'accordant encore ma part

Des déchirements de sa vie !

Dans le doux contact de sa main,

Que guide sa faible paupière,

S'offrait l'expression dernière

De son dévoûment surhumain.

« Donne ta main, me disait-elle,

« Mets-la dans la main que voici :

« Je ne sens plus mon mal ainsi,

« Tant cela de douceur rappelle.

« Quand tu souffrais, ô mon Louis,

« A ton chevet j'avais mon rôle ;

« Aujourd'hui ta bonne parole

« Seule endort mes maux inouïs. »

Ainsi ses actes, sa pensée,

Par un tendre et triste retour,

Me ramenaient au plus beau jour

De ma félicité passée.

Et, dans un élan de son cœur,

Sa voix, bravant l'ardente fièvre,

Encor murmurait sur sa lèvre

Le suprême adieu du bonheur.....

Mais déjà, dans son agonie,

Nous échappait son œil errant;

Elle nous bénit en mourant :

Sa tâche à jamais fut finie !

Terrible et navrant souvenir,

Que domine un si grand mystère :

Son âme a suivi sa prière,

Mais j'obtins son dernier soupir.

Et du haut des cieux, sa pensée

Depuis m'affirme, tous les jours,

Qu'elle m'attend là, pour toujours,

Que Dieu ne l'a pas délaissée!

SA DERNIÈRE VOLONTÉ.

SA DERNIÈRE VOLONTÉ.

Sûre de conquérir une immortelle palme,

Elle entrevit la mort du regard le plus calme,

Et sa paix attestait déjà sa sainteté.

Mais avant de mourir, son amitié fidèle

A voulu partager tendrement autour d'elle

Ses témoignages de bonté.

« Louis, à mon côté ! » C'est son âme oppressée

Qui livre son amour du fond de sa pensée,

Dans son suprême adieu, si déchirant pour nous.

Sur ce point elle ordonne, elle qui toujours prie;

Ces mots sont les derniers de sa bouche attendrie :

    « Je veux avec moi mon époux. »

« Pour renfermer nos corps au coin du cimetière,

« Louis achètera quatre mètres de terre...

« J'y descendrai d'abord ; près de l'éternité

« J'irai l'attendre là, comptant ses jours d'absence.

« Gardant comme à sa vie, à sa mort, ma constance,

    « Je veux qu'il dorme à mon côté ! »

« Mon père nous a tous devancés dans la tombe :

« N'oubliez pas, le jour où saint Alexis tombe,

« Ainsi que je faisais, d'aller prier pour lui,

« De demander sa grâce au Sauveur qui pardonne,

« D'entourer son tombeau de mes fleurs, en couronne:

    « Au ciel il sera votre appui. »

« Bons parents, chers amis, guides de mon enfance,

« Qui souteniez mes pas, charmiez mon existence,

« Et trop aveuglément m'exaltiez en tous lieux,

« Si s'aimer est si doux, même sur cette terre,

« De bien plus tendres nœuds l'amitié se resserre

« Quand on la goûte dans les cieux.

« Mes voisins attentifs, mes serviteurs fidèles,

« Vous pauvres, dont j'ai su les souffrances cruelles,

« Pour parer à vos maux, à l'ennui des longs jours,

« Je vous ouvrais mon cœur ainsi que ma demeure.

« Ah ! ne m'en veuillez pas si je pars avant l'heure :

« Je vous protégerai toujours.

« Je recommande à tous ma docile Isabelle,

« Et si l'on pense à moi, l'on veillera sur elle.

« Qu'on la laisse mourir paisible en ma maison :

« Elle fut autrefois ma jument favorite,

« Quand sur son dos luisant, légère, j'allais vite,

« Me confiant à son arçon.

« Et toi Faust, mon grondeur, mon dogue des montagnes,

« Dont la terrible voix effrayait nos campagnes,

« Qui te caressera, te soignera demain ?

« Va-t-on te délaisser, t'oublier, pauvre bête,

« Dont j'aimais à presser l'intelligente tête,

    « Quand, craintif, tu baisais ma main.

« Encore quelques vœux. A Louis mon parterre,

« Mes nombreux orangers et mes plantes de serre,

« Que j'entourais l'hiver de mes soins délicats,

« Dans nos étés brûlants que j'arrosais moi-même,

« Mes lauriers, mes rosiers par-dessus tout que j'aime,

    « Mes verveines, mes pétunias;

« Mes grands poiriers montés et formant la quenouille,

« Bordant le potager que ma noria mouille,

« Quand mon pauvre vieux borgne a tourné lentement.

« Mes soins vous revenaient aussi, plantes utiles,

« Et pour vous j'ai bravé des gentlemen futiles

    « Plus d'un malin ricanement.

« Je confie à Louis mes fines broderies,

« Mes fils, mes canevas et mes tapisseries :

« Lui seul connut le prix de ces charmants loisirs.

« Par respect pour mes goûts, qu'il maintienne à leur place

« Tous ces riens étagés dans mon armoire à glace,

 « Donnant tant d'innocents plaisirs.

« Enfin, vous, chers tableaux, portraits de mes ancêtres,

« Vous livres bien choisis, vous consolantes lettres,

« Qui souteniez mon cœur, saviez tous mes secrets,

« De celui qui m'aima, qui partagea ma vie,

« Dont j'emporte l'estime en mon âme ravie,

 « Puissiez-vous calmer les regrets. »

ELLE.

ELLE.

Il est des âmes bien douées,

Magnanimes et dévouées,

Qu'attendrait un sort éclatant.

Chacun est surpris de leurs charmes ;

Pour vaincre elles ont bien des armes :

Leur rôle est modeste pourtant.

On dirait que leur existence

D'humble paix, de pure espérance,

Pour les cieux entend se garder.

On n'aperçoit rien de profane

Dans leur bel être diaphane,

Qu'on aime sans le posséder.

Leur cœur généreux veut, sur terre,

S'épancher dans un doux mystère,

Loin des vains plaisirs d'ici-bas.

Tout les épure et les élève ;

Elles aiment, mais c'est en rêve,

Un monde qui ne les voit pas.

Insensibles à nos querelles,

A la vertu toujours fidèles,

C'est l'idéal qui les séduit ;

Et dans leur solitaire voie,

C'est un ange qui les coudoie

Et la charité qui les suit.

Héroïnes simples, timides,

Dont les paupières humides

Dérobent les flammes du cœur,

Elles feraient honte aux coquettes

Qui des fous rêvent les conquêtes

Et se posent d'un air vainqueur.

Car elles luttent, inspirées,

Pour les causes désespérées

Et meurent pour leur beau drapeau.

Ainsi la chaleur de leur âme,

Au-dessus d'une faible femme,

Maintient constamment leur niveau.

Ailleurs encor leur honneur brille :

Providence de la famille,

Enfants chéris de la cité,

Malgré toute leur modestie,

Partout leur œuvre est applaudie,

Et partout leur nom est cité.

4

Mais le plus souvent, tendres mères,

Elles rachètent nos misères

Par les larmes de leurs beaux yeux.

A peine si la mort les change :

La femme n'est plus, mais un ange

Va nous protéger dans les cieux.

AVEC ELLE.

AVEC ELLE.

———•◦•———

Avec elle j'aurais vécu dans la tempête,

Confiant dans sa foi, guidé par son espoir;

Mais dans mon cœur régnait une éternelle fête,

Et je n'eus qu'à l'aimer du matin jusqu'au soir.

Image du bonheur, nous t'avons caressée

Et retenue, un jour, dans notre asile obscur :

. Permets-moi, maintenant que ton heure est passée,

De retracer ici ton souvenir si pur.

Calmes et résignés, sous notre toit rustique,

Nous n'avions que dédain pour les bruyants plaisirs :

Le monde et ses succès, l'opinion publique

N'offraient que peu d'attraits à nos humbles désirs.

Nous vivions seuls ainsi, sans ennui, sans tristesse,

Préférant aux faveurs un noble isolement,

Écartant les jaloux de notre douce ivresse,

Et dans notre réduit vus de Dieu seulement.

Et Dieu nous accordait les grands blés de la plaine,

Pour le pauvre et pour nous nous procurant du pain,

L'ombre fraîche des bois, une onde claire et saine,

Des fruits et des primeurs que cueillait notre main.

Sous l'œil peu vigilant des bergères novices,

Nos gras moutons bêlaient, allant de tout côté,

Dans nos prés émaillés bondissaient nos génisses,

Autant que le bon foin, aimant la liberté.

Nos chevaux de pur sang franchissaient la barrière,

Notre parc s'animait du bruit de mille oiseaux,

La pintade et le paon ravageaient le parterre,

Et de joyeux poissons frétillaient dans nos eaux.

Avec le beau soleil, le grand air sur nos têtes,

Nous rendions grâce à Dieu quand il récompensait

Nos efforts assidus par de larges recettes,

Quand d'un vin généreux le cellier s'emplissait.

Le soir, libre de soins, à la retraite invite.

Fatigués à coup sûr, contents presque toujours,

Nous écoutions alors l'éternelle redite

Que narraient gravement les auteurs de nos jours.

Retrouvant nos passés, sous leur douce influence,

Nous pensions aux parents, aux amis d'autrefois,

Nous revenions aux lieux témoins de notre enfance,

Éprouvant de ce temps les plaisirs, les effrois.

Puis, l'esprit attiré par de chères images,

Nous visitions Paris et ses grands monuments ;

Nous parcourions Biarritz, aux dangereuses plages,

Bayonne et son beau port couvert de bâtiments.

Quel plaisir de revoir les torrents, les montagnes !

Bagnères, Saint-Sauveur, Ussat et Cauterets,

Nous faisant tour à tour déserter nos campagnes,

Bien belles cependant, mais qu'on voit de trop près.

Des voyages lointains s'abrégeait la durée,

Car l'absence toujours entraîne des ennuis;

Et nous te bénissions, chère aisance dorée,

Quand tu nous ramenais au modeste logis.

Et quand sonnait enfin l'heure de la lecture,

Quel charme nous trouvions, poètes immortels,

Cédant aux mouvements du cœur, de la nature,

A poursuivre le beau dans vos chants éternels.

Nos conteurs préférés c'étaient, après Homère,

Dante, Tasse, Milton, Cervantes, Calderon,

Nos grands français, Racine, ou Corneille, ou Molière,

Pas trop souvent Shakespeare, et rarement Byron.

De ces hymnes divins naissaient la rêverie,

Les regrets du passé, les projets d'avenir,

L'espoir, le souvenir qui font toute la vie,

Douces émotions qu'on ne peut définir.

Après avoir prié notre mère immortelle,

Dans un tendre serment sa main pressant ma main,

Un pur sommeil gardait notre union fidèle,

Sans trouble et sans réveil jusques au lendemain.

C'est ainsi qu'oubliés, heureux dans nos domaines,

Moi songeant à mes champs, elle soignant ses fleurs,

Trouvant les jours trop courts, trop courtes les semaines,

Nous avons dix-sept ans confondu nos deux cœurs.

SANS ELLE.

SANS ELLE.

Nos jours heureux ne sont qu'un rêve,

Un éclair dans l'immensité :

Bonheur décevant, qui s'achève

Dans la triste réalité.

On accuse ma solitude;

Mais jusqu'à la fin de mes jours,

Dans mon sentier étroit et rude,

J'espère aller seul, seul toujours!

Du monde que me fait le blâme?

Je ne crois pas à sa bonté ;

Il ne voit partout qu'une trame

Des ennemis de sa gaîté.

Ou bien il ne s'occupe guère

De qui ne l'a pas encensé,

Et voit à présent ma misère

Comme il vit mon riant passé.

Peut-être même il se figure

Que mes yeux ne versent des pleurs,

Que mon cœur brisé ne murmure

Que pour se conformer aux mœurs.

O solitude douce et chère,

Que je cherche loin de ces bruits,

Mon existence est moins amère

Dans le frais repos de tes nuits.

Je m'abreuve alors de mes larmes,

De mes regrets, de mes soupirs,

En Dieu je remets mes alarmes,

Et me nourris de souvenirs !

Ainsi, dans mon deuil solitaire,

Qu'à peine troubleront ces chants,

J'irai prier dans le mystère,

Loin de l'œil jaloux des méchants.

Que l'on respecte alors ma peine,

Et que l'on ne compare pas

Le mensonge et la mise en scène

Au désespoir qui suit mes pas.

Et vous, dans mon âme blessée,

Restez sous l'ombre où je m'enfuis,

Vains délires de ma pensée,

Sombres rêves que je poursuis.

Laissez à mon mal sa souffrance,

Laissez le calme à ma douleur,

Qu'on n'entende dans mon silence

Que les battements de mon cœur.

Un jour, dans ma douleur profonde,

Dieu se souvenant de ma foi,

M'accordera, loin de ce monde,

Du bonheur pour elle et pour moi !

ÉLÉGIE.

ÉLÉGIE.

A MON AMI LOUIS T......

Elle était de ce monde.

La joie et la douleur se partagent la vie

Dans un ordre fatal :

Toute félicité d'une peine est suivie ;

Chaque jour a son mal !

Votre bonheur si pur, charmante Gabrielle,

Vrai trésor d'un époux,

Nous était apparu comme un parfait modèle

Dont on serait jaloux.

En vous voyant mêler les parfums de votre âme

Aux parfums de vos fleurs,

Nous cédions aux attraits d'une divine flamme,

Nous devenions meilleurs.

De plaisirs, aussi frais que l'onde sur la rive,

Nous étions enivrés;

Du souci qui redit son éternel qui vive!

Nous étions délivrés.

Et l'esprit entraîné par une douce ivresse,

Comptant sur l'avenir,

Nous avions engagé la facile promesse

Vers vous de revenir.

La mort veillait pourtant, étendant, à cette heure,

Son crêpe de douleur;

Elle était là, guettant près de votre demeure,

Pour vous frapper au cœur !

Louis, mon bon Louis, laisse couler tes larmes!

Inconsolable époux,

Pour ton cœur déchiré, l'amertume a des charmes

Que nous comprenons tous.

Seigneur! votre justice est parfois bien cruelle,

Terrible est votre bras!

Pourquoi frapper ainsi la femme humble et fidèle,

La conduire au trépas?

La voix des malheureux dont elle était la mère,

En vain montait vers vous:

Vous avez rejeté leur ardente prière,

Vous, le Dieu juste et doux!

Du sang! toujours du sang! disaient nos lois antiques,

Tel est l'arrêt des cieux!

Et le sang ruisselait sur les autels celtiques

Pour apaiser les dieux!

Sommes-nous donc, hélas! plus heureux que nos pères

Sous notre loi d'amour!

Et nous faudra-t-il voir les têtes les plus chères

Succomber chaque jour!

Mon Dieu! prenez pitié, préservez du délire

Nos esprits révoltés;

Éloignez ces transports que la douleur inspire

A nos sens exaltés.

Bannissez de la mort cette horreur insensée

Qui trouble notre cœur :

Ceux qui meurent en vous, salutaire pensée,

Goûtent le vrai bonheur!

Et vous que nous pleurons, âme noble, chrétienne,

Bel ange radieux,

Daignez de vos amis, comme un jour à Varenne,

Recevoir les adieux.

Merville, 22 août 1868.

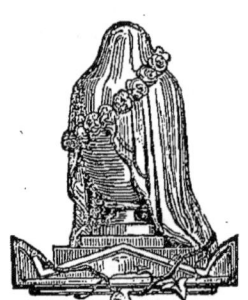

RÉPONSE A M. AUGUSTE P........

RÉPONSE A M. AUGUSTE P........

Non, rien n'est stable dans la vie.

Tu l'as dit : c'est l'ordre fatal;

Une joie est toujours suivie

De contraste, infortune et mal.

Ami, tu racontais naguère

Les plaisirs qu'on goûtait chez moi,

Et mon sort te semblait prospère

Au point d'être envié par toi.

Heureux séjour ! charmante plage !

Tu t'oubliais à contempler,

Et tu voyais dans mon cottage

Tout l'idéal qu'on peut rêver.

Tu trouvais dans ma douce femme

Esprit délicat et beauté,

Et tu devinais dans son âme

Ce qu'elle enfermait de bonté.

Tu comprenais que Dieu rassemble

Ceux qui l'un pour l'autre sont faits,

Tu disais, nous voyant ensemble :

Quelle union d'époux parfaits !

Pour apprendre avec nous à vivre,

Pour mieux asseoir ton avenir,

Devant mon bonheur qui t'enivre

Tu promettais de revenir...

Hélas ! ce n'était plus qu'une ombre

Qui trompait ainsi l'amitié,

Le jour gai fit place au jour sombre,

Le rêve à la réalité.

Après avoir vu notre joie,

Tu revins bientôt sur mon seuil,

Voir passer la mort et sa proie !...

Vingt ans d'amour dans un cercueil !

Bonheur si vrai sur cette terre

N'est jamais dû : je l'usurpais.

Désormais, dans ma vie amère

Je n'aurai ni trève ni paix.

Mais j'aurai toujours son image

Et mes larmes qui la suivront,

Jusqu'au lointain et sûr rivage

Où nos âmes se reverront.

Ami, pleurons! chante, poète!

Accorde à cet ange immortel

Tes regrets que mon cœur répète,

Tes prières vers l'éternel.

Je crois ton encens digne d'elle,

Je mets ton hommage avant tous,

Car ils sont d'un ami fidèle

Tes chants harmonieux et doux.

BÉATRIX.

BÉATRIX.

J'ai dans ma galerie, au rang de mes gravures,

Un dessin qui peint Dante aux pieds de Béatrix.

Scheffer, un grand artiste a créé ces figures :

Ma reproduction n'offre pas un grand prix.

Seulement mon regard, fixé sur cette image,

Trouve dans Béatrix un charme sans égal :

Dante est ravi, muet; elle, en son pur visage,

De l'amour infini reflète l'idéal.

Son bel œil contemplant la céleste patrie,

Sur ses pas à genoux ne voit plus son amant,

Dont la noble pâleur, empreinte du génie,

Trahit l'émotion et le secret tourment.

Béatrix dans son cœur contient mal son ivresse,

Et de sa belle main comprimant un soupir,

Semble dire au poète : « Espère en ta maîtresse,

« Et si tu sais aimer, sache vivre et mourir.

« Qu'importe à notre amour une vie éphémère !

« Renonçons dans ce monde à jamais nous revoir !

« J'ai déjà trop connu sa réelle misère,

« Je vais poursuivre ailleurs un long et sûr espoir.

« Mais le Dieu qui promet des douceurs éternelles,

« Ne me privera pas de ton affection,

« Et quoique réunie à mes sœurs immortelles

« Je recevrai de cœur ta chaste passion.

« Ainsi, souffle enchanteur, qui soulevez son âme,

« Et qui me transmettez ses rêves grâcieux,

« Embrasez-le toujours de votre pure flamme,

« Inspirez-lui des chants qui soient dignes des cieux!

« Au nom de Béatrix, obéis, chaste muse!

« Dans ses ardents transports, dans ses naïfs tableaux,

« Que jamais il n'offense et jamais il n'accuse

« Mon Dieu qui lui confie un instant ses pinceaux.

« Qu'il pleure mon départ, mon absence sur terre,

« Qu'il consacre en ses vers, notre amour, notre foi,

« Et que, fidèle amant, dans un discret mystère,

« Il m'adore toujours et n'adore que moi! »

Le poète jamais n'oublia son amante;

Elle remplit sa vie, elle inspira ses chants,

Et le lecteur encor trouve l'âme de Dante

Sous le charme amoureux de ses tercets touchants.

SON PORTRAIT.

SON PORTRAIT.

———•◦•———

C'était un doux et pur visage,

Qu'aucun art ne reproduirait ;

Dieu seul referait son ouvrage.

Comment modeler cette image ?

Comment retracer ce portrait ?

Ceux qui la virent dans le monde

Applaudirent à sa beauté ;

Mais que brune plutôt que blonde,

Elle fût première ou seconde,

Son triomphe fut sa bonté.

Diaphane était sa pensée.

Pour tant qu'il occupât son cœur,

Jamais le bien ne l'a lassée ;

On l'aurait toujours encensée

Pour sa virginale candeur.

Ses traits fins indiquaient sa race

Et la noblesse de son sang,

Mais sa bonne humeur et sa grâce

Attiraient chacun sur sa trace

Et faisaient oublier son rang.

Son œil noir, vivante lumière,

Sous son front découvert et pur,

Laissait voir à nu tout entière

Son âme généreuse et fière,

Son esprit au commerce sûr.

Aucune ride, aucune année

N'avaient altéré son printemps :

Sa beauté, quoique condamnée,

Ne devait pas être fanée

Par les froids ravages du temps.

Ainsi, modeste et souriante,

On l'eût ramenée à l'autel

A quarante ans, comme une amante,

Rappelant la grâce touchante

Des madones de Raphaël.

Son portrait, c'est donc sa belle âme,

Qui contint toutes les vertus,

Qui fit d'elle la sainte femme

Dont le ciel a voulu la flamme

Pour briller parmi ses élus.

Son portrait, c'est cette âme pure

Qui pour ravir, un jour, nos yeux,

A pris la divine nature,

Et jusqu'à la douce figure

De la grande reine des cieux.

Elle prit de vous, ô Marie,

Encor l'épreuve et la douleur.

Aussi de cette sœur chérie,

Dans votre immortelle patrie,

Nul ne vous dispute le cœur.

SES AMIS.

SES AMIS.

Son âme était partout. Mais pour la bien connaître

Il fallait rencontrer dans une intime lettre

Son cœur et son esprit.

C'est dans les jours cruels d'une trop longue absence,

Quand ses amis de loin lui renvoient leur souffrance,

Que ce cœur s'agrandit.

Oh ! l'absence qui veille, et tremble, et compte l'heure,

Quand on est en voyage et loin de sa demeure,

Ne rêvant que malheur ;

Qu'on est seule en la chambre où pour huit jours on campe,

Ayant devant ses yeux quelque banale estampe,

Qu'on a froid, qu'on a peur !...

« Loin de toi je suis seule, et seule on est malade ;

« J'ai le monde, il est vrai, puis j'ai la promenade

« Où l'on se mêle à tous ;

« J'ai, pour tromper l'ennui, de joyeuses compagnes

« Me racontant leurs temps, leurs courses aux montagnes,

« Fières de leur époux.

« Mais par ces passe-temps je ne suis pas distraite ;

« Pour ce monde léger, non, je ne suis pas faite,

« Je le crains, je le fuis.

« Si tu ne m'écrivais souvent, sans ta pensée,

« Je ne pourrais pas vivre à ce point délaissée,

« Viens, arrive où je suis.

« J'ai d'ailleurs loin de toi tant d'ennui, tant de craintes :

« J'ai quitté mon bon père au lit, j'entends ses plaintes,

« Il pleure mon départ.

« Mon père ! oh ! qu'il est dur de voir souffrir un père ;

« Bien plus dur de savoir qu'il souffre solitaire,

« Loin de votre regard.

« Sans parents, sans amis, en repos peut-on vivre?

« De tous ceux que j'aimais aucun n'a pu me suivre,

« Moi qui vous voudrais tous,

« Et je n'entends jamais une parole amie,

« Et j'ai soir et matin pour témoins de ma vie

« D'autres êtres que vous,

« Pourtant on a son Dieu. Partout est la prière ;

« Entre mon cœur et vous j'ai cet ami sincère

« Qui nous réunira;

« J'ai celle en qui souvent se concentre mon âme,

« Celle dont le beau nom est partout : Notre-Dame,

« Qui me protégera !

« Mais toi, toi près de moi ! j'ai besoin de t'entendre,

« J'ai besoin d'écouter ton cœur fidèle et tendre,

« Ou ton style ou ta voix ;

« Conte-moi tes loisirs, dis-moi surtout ta peine ;

« Dis-moi si vous sentez que mon cœur me ramène

« Parmi vous bien des fois.

« Mes désirs n'ont jamais pu lasser ta tendresse ;

« De tes actes j'étais le guide et la maîtresse :

« Comment fais-tu sans moi ?

« Où vont tes pas errants, où ton esprit mobile

« Promène-t-il, sans but, ta journée inutile ?

« Qui t'aime et pense à toi !

« Se pourrait-il, hélas ! qu'oublieux de l'absence,

« Tu ne songeasses plus à ma douce présence,

« A tout ce que j'aimais !

Qu'on mît à l'abandon mes choses préférées,

Mes meubles, mon métier et mes fleurs adorées,

Tout ce que j'animais !

« Se peut-il que de moi l'on dise : elle est partie,

« Sans elle il faut aller, reprendre la partie,

« C'est un fait accompli !

« Oui ! de ne plus la voir il faut qu'on se console,

« L'absence est un grand tort pour un monde frivole,

« Qui ne vit que d'oubli !... »

Hélas ! il est trop vrai qu'une fuite cruelle

Pour un temps prolongé nous a privé de celle

Qui remplissait nos cœurs !

Mais j'irai la rejoindre avant peu, je l'espère !...

Vous savez son désir et mon vœu : qu'on m'enterre

Près d'elle si je meurs !

SES PAUVRES.

SES PAUVRES.

Que l'égoïsme insatiable

Encense la prospérité :

Il est beau d'être charitable

Envers l'ami déshérité.

Elle est chère la main qui donne

Et dont la généreuse aumône

Visite et mansarde et grabats.

Saint Benoît, saint François d'Assise,

Saint Vincent, héros de l'Église,

Où ne vous honore-t-on pas?

Des traditions de votre âme,

Dans ce siècle peu généreux,

Héritait cette noble dame ;

Elle n'avait pas fait de vœux,

Et cependant toute sa vie

Le malheur la vit attendrie,

L'indigent prit part à ses dons.

En l'inspirant sur cette terre,

Déjà là-haut, dans votre sphère,

Vous lui ménagiez ses pardons.

Grands saints, vous ignoriez peut-être

Tout le bien qu'elle procura

Modestement et sans paraître,

Dans quels replis son cœur entra.

Ce cœur absolvait les faiblesses,

Les convoitises, les paresses

Des pauvres qu'elle secourait.

Sa bonté, poussée à l'extrême,

Allait jusqu'à leur passer même

Plus d'un penchant qu'elle abhorrait.

Pour cette vieille un peu friande,

Discrètement elle plaçait

Sur sa soupe un morceau de viande,

Et pour cette autre qui buvait,

Que des intentions si pures

Ne provoquent pas vos murmures,

Elle ajoutait un peu de vin.

Ainsi son humeur charitable

Maintes fois se rendait coupable

D'indulgence pour le prochain.

A tous s'adressait son aumône,

Mais aux infirmes les plus vieux,

Avec plus de plaisir on donne :

Sa préférence était pour eux.

A ceux-ci sa main libérale

Faisait une part plus qu'égale :

Dans le panier, dans le bissac,

Et furtivement dans la manche

Elle leur glissait, le dimanche,

De la monnaie ou du tabac.

Elle plaçait dans l'écuelle

Et pour tous elle réservait

Ce qu'elle eût trouvé bon pour elle,

Ce qu'à sa table on lui servait.

Aux enfants, après un reproche,

Elle faisait ouvrir la poche,

Qu'elle remplissait en riant.

L'heureux merci de leur misère

Etait un joyeux *Notre Père*

Pour celle qui les aimait tant.

Jamais chez elle il ne fut fête

Dont les pauvres n'eussent leur part ;

Quand son monde avait fait retraite,

Elle leur donnait sans retard.

« Voici pour notre cher aveugle,

« Qui si fort se lamente et beugle ;

« Voilà pour Jean ; ceci pour Paul,

« Cela pour leur vieux camarade ;

« Quant à Jeanne, au lit si malade,

« Pour la soutenir j'ai ce bol. »

Enfants, c'est elle qui vous soigne

Et qui fait de sa blanche main,

Lorsque le médecin s'éloigne,

Le précieux calmant de lin;

C'est elle qui, dans la contrée,

Répand cette liqueur sacrée

Qui guérit des cas si nombreux;

C'est elle qui par sa parole

Exhorte et doucement console

Les mourants sans amis près d'eux.

Ainsi parmi ces faibles âmes

Elle soulageait bien des maux;

D'elle en hiver de pauvres femmes

Recevaient vestes et sarreaux.

La veuve seule, abandonnée,

Voyait sa triste destinée

Unie à son cœur généreux;

Et la jeune fille abusée,

Dans le bon chemin replacée,

Lui devait un sort plus heureux.

Ah ! ne refaites pas le monde,

Ne supprimez pas la douleur ;

Avec la révolte qui gronde

Ne démolissez pas le cœur !

La charité du monde est l'axe !

Ce n'est pas l'impôt ou la taxe

Qu'il faut envier aux Anglais ;

Le dévoûment fut notre histoire,

Et pour comprendre cette gloire

Il nous suffit d'être Français.

Dans la charité que je vante,

Le pauvre avait plus que du pain ;

La parole compâtissante

L'accompagnait sur son chemin.

Ce n'est rien que cette assistance

Officielle, au froid silence,

Que prône la légalité ;

Il faut que le pauvre comprenne

Qu'une âme est unie à la sienne

Dans ces échanges de bonté.

Aimons cette charité sainte

Que le Christ fait couler à flots,

Dont l'image se trouve peinte

Dans son sang et non dans des mots.

La charité que Dieu réclame

Est la charité de ma dame,

Celle du chrétien en tout temps;

Aussi, dans la triste soirée,

Combien de pauvres l'ont pleurée,

Combien la pleureront longtemps !

SES FLEURS.

SES FLEURS.

Une fraîche guirlande entourait sa demeure

De fleurs qui l'occupaient en tout temps, à toute heure.

Qui n'aimerait les fleurs !

Qui ne caresserait ces frais boutons de rose,

Qu'une main délicate élève, abrite, arrose,

Leurs parfums, leurs couleurs !

Qui n'aimerait les fleurs qu'elle nous a laissées,

Et que dans ses adieux, ses dernières pensées,

Confiaient à nos soins ?

Nobles et purs loisirs qui dénotaient la femme,

Qui touchent de si près au commerce de l'âme,

A ses plus chers besoins.

Elle adorait les fleurs, les fleurs, grâce divine,

Où du maître puissant la bonté se devine,

Qui nous viennent du ciel,

Qui parlent au poète un si touchant langage,

Et d'amour et de paix sont une douce image

Où l'abeille a son miel.

Ainsi, vous que l'hiver renferme dans la serre,

Ou que le beau printemps voit naître en pleine terre,

Chacune en sa saison,

Vous preniez même part à ses vives tendresses,

Près d'elle vous viviez et mouriez de caresses,

Son goût, sa passion !

Mais elle vous aimait sur le bord des allées,

Dans vos massifs luttant, richement étalées,

D'éclat et de fraîcheur :

Un million de fleurs vivant, brillant ensemble,

Que son bon goût pourtant et distingue et rassemble,

Et lui faisant honneur.

En parcourant vos rangs comme elle était heureuse !

De l'une à l'autre allant, se hâtant, curieuse,

Son sécateur en main,

S'arrêtant inquiète auprès de sa malade,

Fière de celle-là qui s'étale et parade,

Droite sur son chemin.

Elle aimait à remplir ses vastes galeries

De plantes d'ornement vertes et mal fleuries

Dans des vases profonds,

Tandis que s'échappant de légères corbeilles,

Cressons, volubilis et tant d'autres merveilles

Rampaient sous les plafonds.

Partout la fleur coupée, au salon, dans la chambre,

Se montrait en bouquets de janvier en décembre,

Se moquant de l'hiver.

Les bouquets la suivaient même dans ses voyages;

Ses mains changeaient alors, par d'innocents ravages,

Son parterre en désert.

Ah! ne l'espérez plus, fleurs fraîchement écloses,

Violettes d'hiver, primevères et roses,

Et jasmins parfumés,

Car vous n'existez plus, loisirs, heures bénies,

Dans un même bonheur, femme et fleurs réunies,

Passe-temps bien-aimés.

Elle me confia votre frêle existence :

Vivons ensemble encor sous sa douce influence,

Souffrez-moi près de vous;

Mais les secrets du cœur, ses pieuses pensées,

Par l'amour et la foi dans vos plis caressées,

Les retrouverons-nous !...

Non. Je poursuis en vain ces heures fortunées;

Dans l'air l'acre parfum de vos tiges fanées

N'exhale que regrets,

Et je n'ai parmi vous que la pâle immortelle

Qui réponde à mes soins et fleurisse pour elle

A l'ombre des cyprès.

SES OISEAUX.

SES OISEAUX.

Des oiseaux de son parc jalouse,

Elle avait autant de plaisir

Qu'un enfant de l'école en blouse,

A les surprendre, à les saisir.

Mais lorsque son heureuse chasse

Les avait mis en son pouvoir,

Son plus grand bonheur dans l'espace

Etait libres de les revoir.

Au printemps la noire hirondelle,

Le rossignol si beau chanteur,

Donnaient leur rendez-vous fidèle

Sous son toit, sur son arbre en fleur.

Pendant l'été c'était un monde

De grimpeurs et de passereaux;

Le pic vert avec son bec sonde,

Partout maraudent les moineaux.

Le pinçon a l'humeur frivole

Dont il fait parade en tous lieux;

La mésange en couple s'isole,

Et l'alouette monte aux cieux.

Le chardonneret montre l'aile

Fier de son plumage élégant,

Les geais et la pie infidèle

Se querellent à chaque instant.

Puis l'hiver est là qui s'approche :

Voici le noirâtre étourneau,

Et la grive qu'attend la broche,

Ivre de vin comme un tonneau.

Lavandières, bergeronnettes

Suivant laveuses et troupeaux,

Les roitelets à fines têtes

Contrastant avec les corbeaux.

De tant d'oiseaux la foule heureuse

Animait son riant séjour,

Et partait toujours désireuse

D'un doux revoir, d'un prompt retour.

Les plus tendres, les plus fidèles,

Entraient, nichaient dans sa maison,

Et de ses bontés maternelles

Souvent abusaient sans façon.

Le merle même, sans mystère,

Lui faisait l'insigne faveur

D'être chez elle sédentaire,

Des hivers bravant la rigueur.

Amour de fée ou de sylphide,

Que ne rendront pas mes pinceaux,

J'ai surpris dans son œil candide

Des pleurs pour un de ses oiseaux !

C'était un pigeon blond, aimable,

Pigeon digne de saint François,

Que pour un mal presque incurable

Elle avait traité plusieurs fois.

Cet oiseau, sensible et fidèle,

La suivait depuis pas à pas :

Elle garda plus tard son aile

En souvenir de son trépas...

S'il est des pertes bien futiles,

Il est, hélas! d'affreux malheurs!

D'elle aussi les grâces fragiles

Bientôt provoquèrent nos pleurs.

De sa belle main généreuse,

Pauvres oiseaux vous n'aurez plus

Son aumône si copieuse

De millets et de blés vêtus!

SON RÊVE.

SON RÊVE.

Quand le sourire errait sur sa bouche si tendre

On ne pouvait douter de son parfait bonheur,

Et l'on était ravi soi-même de l'entendre

Quand s'épanchait son cœur.

Tous la proclamaient belle et moins belle qu'heureuse,

Sans soupçonner sa paix et sa sérénité,

Personne n'eût pensé qu'une âme douloureuse

Pût montrer sa gaité.

Elle avait cependant une secrète peine,

Regret ou vain espoir la suivant pas à pas,

Elle traînait sans bruit une bien lourde chaîne

Que l'on ne voyait pas.

Sous ce poids douloureux, ah! soutiens-la, beau songe,

Berce-là doucement jusqu'au dernier sommeil;

Que par tes soins trompeurs son espoir se prolonge

Jusqu'à son grand réveil!

Au ciel où tout sourit, près de ses sœurs discrètes,

Peut-être elle n'a pas de plus heureux moment

Que ce songe endormant, dans des faveurs secrètes,

Son esprit en tourment.

Elle rêvait sans cesse, elle espérait la flamme

Dont au-dessus de nous s'éclairent les élus,

Et rien ici n'avait pu contenir son âme,

    Son amour, ses vertus,

Rien, pas même celui qui consola sa vie,

Qui l'aida sans se plaindre à porter son fardeau,

Dont l'existence, hélas! passe aujourd'hui flétrie

    Devant son froid tombeau!

Il gardait le secret dont cette âme était pleine,

A ses appels muets répondant sans retard;

Mais du rêve doré l'illusion sereine

    S'adressait autre part.

Celui-là rêve ainsi qu'un vain désir tourmente,

Que poursuit en tout lieu le besoin du bonheur,

Qu'un doux charme séduit, que l'éveil désenchante

    Dans un piége trompeur.

9

Celui-là dit aussi : Je veux ce bien, ce rêve

Qu'on n'a jamais atteint ni jamais défini,

Je veux l'illusion qui m'emporte et m'enlève

    Dans le pur infini.

Ah ! peut-il prendre corps ce rêve en la nature ?

Si le besoin d'aimer est commun ici-bas,

L'homme pour l'assouvir n'a pas l'âme assez pure,

    Son cœur ne suffit pas.

L'idéal entrevu n'est que la noble ivresse

Qui nourrit nos désirs d'amour et de beauté;

C'est pour chacun de nous la divine promesse

    De notre éternité.

Perfections de Dieu ! vous êtes en nous-même,

Mais lui vous a sans borne, et, profond réservoir,

C'est à peine s'il verse aux malheureux qu'il aime

    Quelques gouttes d'espoir.....

Elle avait fait ce rêve, amour des choses belles,

Conception du vrai, du bien, du beau, de Dieu ;

Ce rêve lui montrait ses séduisantes ailes

Et son ombre en tout lieu.

Elle le poursuivait avec persévérance

Pour l'adorer en soi, pour y tremper son cœur ;

Mais le songe cruel lui léguait la souffrance

Et jamais le bonheur.....

Dieu pourtant a béni sa belle âme inspirée,

Lui seul a pu répondre à ses vastes désirs,

Lui seul devait remplir l'attente soupirée,

Si loin de nos plaisirs.

Elle est morte le jour où s'est éteint en elle

Cet espoir prolongé qui charmait son esprit ;

L'illusion cessa pour renaître immortelle,

Et son Dieu la surprit....

Je veux aussi pour elle aimer Dieu sur la terre ;

Pour retrouver son rêve au céleste séjour

Je n'immolerai pas à ma vie éphémère

Mon âme et mon amour.

SA PRIÈRE.

SA PRIÈRE.

ô Jésus! ô Marie!

Je vous aime et vous prie,

J'implore vos faveurs.

Mais ma douleur amère

Vous offre pour prière

Des soupirs et des pleurs.

Seule, votre clémence

Calmera ma souffrance,

Rassurera ma foi.

Ailleurs ma plainte est vaine,

Nul ne croit à ma peine,

Nul ne pleure avec moi.

On m'encense au contraire;

Partout on veut me plaire,

Partout on me chérit.

Mes bons parents m'adorent,

Mes compagnes m'honorent,

Et chacun me sourit.

Mon époux se rend même

Esclave, tant il m'aime :

Il fait ce que je veux.

J'ai fourrure et dentelle,

Bienheureuse on m'appelle

A toute heure, en tous lieux.

Et moi-même je donne

Mes soins et mon aumône

A tous avec bonté.

Le bal me trouve aimable,

L'église charitable,

Ai-je tant mérité ?

Sous mon toit tout abonde;

La fortune et le monde

Me font un doux acceueil.

On me loue, on me gâte;

Des mots dont on me flatte,

Ah ! quel charmant recueil !

Illusion trompeuse !

Je ne suis pas heureuse,

Tout m'attriste ici-bas.

J'aperçois toute chose

Sous un aspect morose

Et ne me plaisant pas,

Un sombre ennui m'accable,

Me rendant incapable

De goûter un plaisir,

Et je sens dans mon âme

Brûler comme la flamme

D'un incessant désir.

Désir violent, étrange,

Et convoitant un ange

Qui se dérobe aux yeux,

Qui se perd dans la nue,

Dans la sphère inconnue

Où se cachent vos cieux.

Là, d'autres anges vivent,

Qui s'offrent, me poursuivent,

Brillants de pourpre et d'or ;

Puis, dans leur gaité folle,

Me montrent mon idole

Reprenant son essor.

C'est après sa conquête

Que s'égare ma tête,

Que s'abîme mon cœur ;

Car bientôt, ô misère !

Je me retrouve à terre

Sans espoir, sans bonheur.

Mon âme inassouvie

Voit le but de ma vie

Toujours fuir devant moi,

Et, triste en ma demeure,

Souvent alors je pleure,

Vous seuls savez pourquoi.

Jésus ! Marie ! en grâce,

Laissez-moi dans l'espace

Saisir l'ange jaloux ;

Ayez pitié de celle

Qui ne veut rien pour elle

Que cet enfant et vous.

Depuis vingt ans je lève

Vers l'objet de ce rêve

Mon regard envieux.

C'est toute ma prière :

Ange, viens sur ma terre

Ou prends-moi dans tes cieux !

LE PATRON DE SA VILLE.

LE PATRON DE SA VILLE.

Elle a fait redorer la châsse
Où sont vos reliques de saint :
Que par vous elle obtienne grâce,
Que Dieu l'admette dans son sein.

L'ouragan parcourt la campagne,

Il tord les arbres dans les bois :

C'est l'affreux vent qui vient d'Espagne

Menaçant d'enlever nos toits.

Tout doit périr; plus d'espérance !

Dans ses éléments déchaînés

La mort au noir coursier s'avance,

Le ciel nous a tous condamnés!...

Hardi marin, sur ta nacelle,

Dans le gouffre où plongent tes yeux,

Du jour la dernière étincelle

Te fait voir ce spectre odieux.

Et toi, voyageur, qui circules

De nuit si loin de ta maison,

Et qui devant sa faux recules,

Mets-toi bien vite en oraison.

Elle a fait redorer la châsse

Où sont vos reliques de saint :

Que par vous elle obtienne grâce,

Que Dieu l'admette dans son sein.

Il vente, il pleut, il grêle, il tonne,

L'orage ébranle nos maisons;

Dejà les flots de la Garonne

Ont Submergé champs et moissons.

Voyez dans l'horrible tempête

Le plus noir démon de la nuit,

Il médite notre défaite ;

C'est de lui que vient tout ce bruit.

Au son des lugubres fanfares

Qui retentissent dans les airs,

Il guide les monstres barbares

Qu'a vomis le fond des enfers.

Dans nos murs il n'est plus d'asile

Pour le plus cher de vos amis ;

Délivrez notre pauvre ville

De l'attaque de ces maudits.

Elle a fait redorer la châsse

Où sont vos reliques de saint :

Que par vous elle obtienne grâce,

Que Dieu l'admette dans son sein.

C'est demain votre heureuse fête,

Rendez-nous vite le beau temps :

Nous couronnerons votre tête

Des premiers épis de nos champs.

Du haut de la tour sarrasine

Voyez venir les inondés,

Les laboureurs criant famine,

Les malades, les possédés.

Devant le sacré tabernacle

Renfermant votre bras puissant,

Ils vont demander un miracle

Et vous adorer en passant.

Par trois baisers sur vos reliques

Ils témoigneront leur ferveur;

Vite accordez à leurs suppliques

Votre plus insigne faveur.

Elle a fait redorer la châsse

Où sont vos reliques de saint :

Avec elle obtenez-nous grâce,

Que Dieu nous admette en son sein.

SA MADONE.

SA MADONE.

Quand vous visiterez, franchissant la Garonne,

Ma Gascogne chérie et ses verts mamelons,

N'oubliez pas au moins les bords de la Gimone,

Le plus riant de ses vallons.

En remontant le cours de la calme rivière,

Vous trouverez bientôt le bourg où je naquis;

Mais je ne compte pas dans l'humble coin de terre :

De trop grands noms lui sont acquis.

Il a produit Fermat, ce roi des géomètres;

De Long, au parlement jugeant Montmorency;

Les deux Loume et Bernard, poètes passés maîtres,

Puis Darquier et Dabrin aussi.

Dans ses rudes sentiers ombrés par la montagne,

Parcourez librement ce ravissant pays,

Et si vous criez fort : A moi, Gimois! Lomagne!

Vous n'y manquerez pas d'amis.

Approchez, approchez, presque au bout de ma ville,

Demandez le moustier à l'élégant clocher.

L'*Angelus* vous appelle; il vous sera facile

De trouver sans longtemps chercher.

Venez; tout parle d'elle en la sainte demeure;

Là vous allez trouver ses plus précieux dons,

Ce que sa piété vaut à tous, à cette heure,

   D'indulgences et de pardons.

Vous y serez aussi ses fidèles amies,

Qui la vîtes une heure et l'aimâtes toujours;

A son âme, à sa foi sincèrement unies,

   Confidentes des mauvais jours.

Elle vous savait là sous ces arceaux gothiques,

A son intention versant des pleurs pieux,

Et de vos fraîches voix entonnant des cantiques,

   Demandant son bonheur aux cieux.

Je vous retrouve ainsi sous vos voilettes noires,

Disant vos chapelets silencieusement,

Sollicitant tout bas la reine des Victoires

   Pour elle encore en ce moment.

Salut! chère Madone! image d'une mère.

Sachant qui t'a donnée, il m'est doux de te voir,

Et je viens en ce jour t'offrir l'humble prière

    Que me dicte mon désespoir.

Tu gardais sa candeur, tu savais son mérite,

Mais laisse rappeler l'espoir qu'elle eut en toi,

Et si mon amertume en ses accents t'irrite,

    Oh! je souffre, pardonne-moi!

Hélas! quand tu sondais, à cette même place,

Jusqu'à l'épuisement la source de ses pleurs,

Tu ne compris donc pas qu'il n'était qu'une grâce

    Pour l'excès de tant de douleurs!

Tu ne compris donc pas son ardeur contenue,

Et son amour jaloux enviant dans tes bras

Cet enfant merveilleux dont la grâce ingénue

    Couronne si bien tes appas?

Elle offrait en sanglots à l'image chérie

Ses rêves de vingt ans noyés dans ses soupirs,

Et ne pouvait penser qu'une mère, ô Marie !

    Fût insensible à ses désirs.

Avec quel tendre espoir, chastes et saintes filles,

Elle vous confiait son merveilleux trésor,

Chargé de protéger vos sœurs et vos familles,

    Sa vierge à la couronne d'or.

Un mystère discret suivit sa bien-venue :

La Madone occupa de nuit son piédestal,

Et nul ne s'informa de la main inconnue

    Qui fit ce don presque royal.

Fais connaître aujourd'hui des vertus si modestes,

Et quand tu nous verras, Madone, à tes genoux,

Fais nous part de sa foi, de ses ardeurs célestes,

    Jusqu'à son cœur élève-nous.

Pour mes amers regrets, mes larmes, ma souffrance,

Reçois-les, comprends-les, toi, mère de douleur;

Un instant prends pitié de ma folle espérance,

Fais l'impossible en ma faveur.

Oui! pour me consoler, fallût-il ce miracle,

Promets-moi chaque fois que je viendrai pleurer

Seul, ici devant toi, sans témoin, sans obstacle,

Sous tes traits de me la montrer!

SON ÉGLISE.

SON ÉGLISE.

Sous l'abri protecteur de ta voûte gothique,

Saint-Sauveur, doux vocable et chère basilique,

Accueille un cœur blessé que le siècle a banni,

Mais que soutient l'espoir, qu'appelle l'infini.

Car devant ton autel et sur ta dalle usée,

La prière retombe en céleste rosée,

Et dans tes hymnes saints ou dans tes chants d'amour

Tu laisses entrevoir un immortel séjour.

C'est ici que j'obtins, donné par sa tendresse,

Ce beau titre d'époux, mon orgueil, ma richesse,

Et dans ses purs regards réfléchissant les cieux

Le beau couronnement de mes rêves heureux;

Ici, pendant vingt ans de sa pieuse vie,

Des élans de sa foi la foule fut ravie,

Lorsque pour moi surtout, de sa grâce vêtu,

Ce beau lys exhalait son parfum, sa vertu...

Quel contraste en tes murs n'offre pas ma misère!

Sa robe nuptiale un jour devint suaire;

Nous passâmes encore ensemble sur ton seuil,

Mais livide et muet je suivais son cercueil!...

Je voudrais cependant, racontant ton histoire,

Associer ton nom à sa chère mémoire.

Saint-Sauveur, tu naquis dans ces temps glorieux

Où l'apôtre, pieds nus, instruisait nos aïeux.

Le prêtre Alpinien alors, mu par son zèle,

Osa dans nos cantons prêcher la foi nouvelle,

Baptisant avec l'eau, mais payant de son sang,

Parmi nos plus grands saints l'honneur du premier rang.

Tu languis bien longtemps, modeste sanctuaire,

Dans une obscurité voisine du mystère.

Le Vandale, le Goth, le Franc, le Sarrasin,

Vinrent à divers temps profaner ton lieu saint,

Et tu ne reparais dans l'horreur de ces âges

Qu'après avoir subi le dernier des outrages,

Après que le Normand, sous les fils de Martel,

Dans la cendre et le sang eut noyé ton autel!

Temps terrible et fatal qui, sous sa teinte noire,

Efface ton passé, recouvre ton histoire.

Ton vrai restaurateur fut, d'un aveu commun,

Un comte de Quercy l'an neuf cent soixante-un,

Et nous voyons alors ton église bénie

Par Raymond Un léguée au prêtre Jérémie.

Ton sort plus que jamais devint ensuite obscur,

Pour ta gloire le temps encor n'était pas mûr.

Enfin, tes souverains, nos comtes de Toulouse,

Poursuivis sans pitié d'une haine jalouse

Devant l'envahisseur et le croisé du Nord,

En invoquant leur droit s'arment contre Montfort.

C'est alors que, sans doute, au milieu des épreuves,

Raymond Sept de sa foi voulant fournir des preuves,

Élevait au Sauveur l'édifice imposant

Qu'au milieu de ce siècle adoptait Innocent.

Alors, comme en nos jours, pour l'œuvre populaire,

Chacun, mu par sa foi, déposait une pierre,

Et la bulle du pape accordait des pardons

A ceux dont notre église obtenait quelques dons.

Six siècles sont passés sur l'œuvre de nos pères.

Tes murs, vieux monument, malgré dons et prières,

Et le respect pieux de tes chers pénitents,

Subissaient devant nous les ravages du temps;

Ta voûte, lézardée au-dessus de nos têtes,

Troublait par son aspect nos plus augustes fêtes;

Tes pilastres massifs fuyaient leurs piédestaux,

Dans leur empâtement noyant tes chapiteaux;

Ta coupole alourdie et ta tour octogone

Tremblaient toutes les deux sous la cloche qui sonne,

Lorsque ton doux pasteur, sainte inspiration !

Résolut de tes murs la restauration.

Sa parole enflamma notre troupe fidèle,

Heureuse de l'aider et d'imiter son zèle.

Pardonne au soin jaloux qui guidait nos marteaux,

Toute épreuve a cessé pour tes nobles arceaux.

Tes noirs Bénédictins, dormant dans les chapelles,

Seraient fiers aujourd'hui de tes grâces nouvelles,

Et nos neveux pourront, sans trouble et sans frayeur,

Prier sur ton pavé, moderne Saint-Sauveur.

Ta coupole autrefois pesamment obstruée,

De ses étais si lourds se trouve délivrée;

La tour, ton vieil honneur, vient, par respect pour l'art,

Comme au temps des Raymond, d'imiter un rempart;

Ton porche que louait en passant l'antiquaire,

Et qui des jours sans foi révélait la colère,

A su se rajeunir aussi sans trop changer.

Et nous aurons bientôt, bonne à nous protéger,

La Vierge au doux Jésus, et les fines sculptures

Qu'un zèle adroit a su garantir des injures.

Enfin, ton beau vaisseau, dans toute sa hauteur,

Offre aux regards émus du pieux visiteur

Les élégants faisceaux de piliers, de colonnes

Portant leurs chapiteaux comme autant de couronnes,

Et permet en tout sens à nos pas, à notre œil,

De courir librement du chœur jusques au seuil.

Je ne parlerai pas de tes humbles chapelles,

Où le temps marque trop ses empreintes cruelles,

Et qui disparaîtront s'il faut, avec raison,

Que dans un monument tout soit à l'unisson.

J'abrège ces détails, car je me trouve en face

De tes brillants vitraux; devant eux tout s'efface,

Et je livre à l'oubli châsses, supports dorés,

Riches stalles du chœur, croix et vases sacrés,

Autel dont le pareil est encore en recherche,

Si beau que, pour l'avoir, on pilla Belleperche.

Désormais, Saint-Sauveur, tes vitraux radieux

Diront que nous suivons la trace des aïeux;

Que mieux qu'eux nous goûtons les fruits de nos prières,

Car jamais leur passé n'eut si belles verrières.

Admirons recueillis : en scène, en action,

Du Christ d'abord la vie et puis la passion;

Dans l'étable historique, à la première page,

La Vierge vers l'Enfant penche son doux visage;

Joseph rêve ébloui par sa divinité :

C'est le joyeux tableau de la Nativité;

Dans l'ombre poétique, au-dessus de leurs têtes,

Les bergers inspirés soufflent dans leurs musettes.

On ne quitterait plus ces scènes du regard,

Tant sont doux pour nos cœurs ces beaux effets de l'art.

Dans le haut du panneau c'est Siméon qui prie,

Tenant l'Enfant divin qu'il reçoit de Marie.

Les mages ont leur tour. Déposant leurs présents,

Les voici de lumière et d'or étincelants;

La Vierge au bleu manteau, l'étoile légendaire,

Et Joseph et Jésus trônent dans la verrière.

Plus bas, avec Joseph, on voit encor l'Enfant

Des peines du travail humblement triomphant :

C'est consolant et noble, et l'ouvrier s'estime

Lorsqu'il voit en passant cette épreuve sublime.

Laissons pour un instant les tableaux du milieu,

Quoiqu'ils soient plus qu'aucuns dignes de ce saint lieu;

Mais si pour admirer ma muse se repose,

A rêver là longtemps je sens que je l'expose.

Passons pour revenir; louons auparavant

Ces grands traits qu'eut signés Michel-Ange ou Rembrand.

Ces scènes de douleur : Joseph d'Arimathie,

Et les femmes portant le doux nom de Marie,

Et la mort consommée, et le Christ qu'on a mis

Dans le sépulcre ouvert qu'entourent ces amis!

Fils ingrats, méditons sur ces sacrés mystères;

Cette mort du Sauveur racheta nos misères.....

La Résurrection domine le panneau :

Le Dieu triomphateur s'élève du tombeau;

Sa puissance éblouit et renverse les gardes,

Dont la terreur se peint sur les faces hagardes.

C'est l'injustice humaine et sa brutalité,

Qu'accable le regard de la divinité,

Regard où se suspend depuis lors tout un monde,

Et qui fait digue encore au flot qui nous inonde.

Plus à droite un enfant, pur message des cieux,

Aux saintes femmes livre un secret précieux,

Tandis que dans le haut sont rangés, côte à côte,

Les apôtres fêtant l'heureuse Pentecôte;

Par des langues de feu l'artiste, avec dessein,

A sur leur front modeste indiqué l'Esprit-Saint :

On sait qu'humbles pêcheurs, surmontant tout obstacle,

Ils conquirent le monde : est-il plus sûr miracle !

Beaux tableaux réservés vous attendez, je crois,

L'hommage de mes vers : d'abord Jésus en croix;

Sa mère est là debout avec saint Jean l'apôtre,

Sous la même douleur on les sent l'un et l'autre.

Plus bas aussi le Christ : de la croix descendu,

Par un groupe d'amis son corps est soutenu;

L'un d'eux tient dans la main la couronne d'épine,

Humide encor du sang de la face divine.

Effets puissants et vrais de l'art italien,

Devant cette peinture on songe au Titien,

Car lui seul exprima sur tant d'augustes têtes

Ces transports contenus et ces douleurs muettes.....

Sur ces scènes, au loin, un jour pâle d'horreur

Montre Sion fêtant son Hérode vainqueur.

Mais, mêlée à vos pleurs, quelle est, ô saintes femmes,

Sous ces traits doux et purs, cette sœur de vos âmes,

Que vos vœux ont surprise en prière à genoux,

Et que son saint patron semble amener vers vous?

L'aviez-vous dès longtemps adoptée, ô Marie!

Est-ce là son séjour, sa nouvelle patrie,

Ou bien, ange jaloux, n'est-tu son protecteur

Que pour tromper ma vue et pour briser mon cœur,

Pour retenir ici, sous l'éclat des verrières,

Mon esprit égaré dans de folles chimères!...

Non. L'archange nous dit : « Ces honneurs lui sont dus.

Vous aurez dans les cieux une sainte de plus;

J'ai veillé parmi vous sur cette âme immortelle

Jusqu'au jour où son Dieu s'est ressouvenu d'elle,

Ce jour où vers sa tombe, avec de tristes chants,

Vous l'accompagniez tous de vos regrets touchants,

Et je vous montre ici son image fragile

Pour honorer son sexe et protéger sa ville,

Pour attirer sur toi, moderne Saint-Sauveur,

Comme au temps d'Innocent, les dons et la faveur. »

SON TOMBEAU.

SON TOMBEAU.

J'ai voulu visiter le triste mausolée

Couvrant modestement d'une pierre isolée

    Ce que j'eus ici de plus cher.

Sur mon deuil sont passés et l'automne et l'hiver :

J'ai su pourtant trouver ce coin du cimetière

Que m'avaient indiqué ses vœux et sa prière.

Une croix élevée et l'instinct de mes pleurs,

Puis sur le sol flétri quelques mourantes fleurs,

Tribut pieux du cœur et non d'un simple usage,

Que son parterre aimé lui prodigue en hommage,

M'ont révélé ce tertre où m'appelle un devoir,

Un devoir, ai-je dit! non, un suprême espoir!

Me voici devant toi tombeau que je réclame,

Où fut ensevelie, où repose ma femme!

Est-ce là son dernier destin?

Est-ce là que bonheur et malheur, tout s'achève,

Que tout acte humain prend sa fin?

Pourrai-je ici savoir si ma vie est un rêve?

Si je l'invoquais par son nom,

Peut-être en ce moment obtiendrais-je la grâce

Qu'Aurore obtenait de Memnon;

Peut-être un tendre écho me répondrait sur place :

Par mon plus doux accent, voyons!

Bien vite elle entendait jadis quand nous aimions.

Gabrielle, entends Gabrielle? —

Rien d'elle, il ne me vient rien d'elle.

Si tu vivais mes cris t'éveilleraient pourtant;

Mais ni sanglots ni voix ne sont rien maintenant;

Ton sommeil, sourd à mes alarmes,

Me rappelant trop bien le monde et son néant,

    Et l'impuissance de mes larmes

N'ont produit dans mon cœur qu'un sourd gémissement.

Elle n'est donc pas là, triste champ du silence,

Son refus de troubler ta solitude immense

Prouve qu'il faut lever, non baisser mon regard;

Cherchons, cherchons ailleurs son immortelle trace :

    C'est près de Dieu qu'elle a sa place,

Sa tombe seulement est le point du départ.

N'ayons donc pas souci de sa muette absence,

    Ce sépulcre, sombre et jaloux,

    Ne torture mon cœur d'époux

Que pour mieux m'attester sa céleste existence.

    Loin de nous sont allés ses pas;

Ailleurs, dans les splendeurs, honorée et servie,

Elle a reçu le prix des luttes de sa vie,

Tout ce qu'elle espérait et rêvait ici-bas.

Peut-être cependant qu'un désir, une attente

Lui font encor trouver l'heure pénible et lente,

    Près d'elle nous ne sommes pas!

Devant son pur esprit se glace ma parole :

Essayons si mon cœur, qui l'émut autrefois,

Saura lui parvenir plus heureux que ma voix.

Parlons ce doux langage entre nous, mon idole.

Comment donc en léguant tant de deuil, de douleur,

Ne m'as-tu rien laissé de tout ce qui console ?

       Rien de notre réel bonheur !

Et comment, à mon tour, ai-je pu te survivre,

Quand ton œil s'est éteint, quand tout eût dû finir,

       Quand j'aurai dû m'ensevelir

Dans ta tombe où l'amour m'invitait à te suivre ?

On le sait, près de toi, ta constante amitié

Dans tes actes toujours m'admettait pour moitié,

Et j'avais partagé, grâce à ta confiance,

Tout ce qui t'advenait de joie ou de souffrance.

Ce témoignage encor de tendre intimité

Pénètre tout mon être avec suavité.

Mais ton âme aujourd'hui si libre et si légère,

Réservant sa blancheur pour ses sphères d'azur,

Va se montrer pour moi peut-être plus sévère

Et m'exclure à jamais de ton ciel toujours pur.

Oserai-je, en effet, en pensant au bel ange

Près duquel chastement ton mérite te range,

Dans les palais divins où brillent tes vertus,

Où tu dois captiver tant de saints, tant d'élus,

Rechercher, réclamer ton ancienne tendresse,

Moi dont les larmes font mon unique richesse.

Encor si dans mon Dieu me suffisait ma foi,

Si l'amour de ce bien que j'adorais en toi,

Que dans ton doux regard j'apprenais à connaître

Et que j'aurais suivi sur ta trace peut-être,

Me recommandant de ton nom,

Pouvait m'obtenir mon pardon.

Mais, humble près de toi, j'ai combattu sans gloire,

Et j'ignore à présent si ta chère mémoire

Pourra me maintenir dans ces sentiers du bien.

Déjà je ne suis plus, je le sens, ce chrétien

Que guidait l'épouse fidèle

Et que trop indulgente elle offrait pour modèle.

J'ai perdu le secret de l'abnégation;

Dans notre exemplaire union

J'étais facile et doux; seul je deviens colère.

Je prends comme en horreur cette égoïste terre,

De tout plaisir humain je me fais l'ennemi ;

Mon humeur a proscrit loin de moi tout ami,

Je fuis ce qui complaît au monde que j'abhorre ;

Si je pouvais, hélas ! je me fuierais encore,

Allant sans espérance et sans illusion

Jusqu'aux écueils du doute où sombre ma raison.

Mon tourment est affreux : il aigrit mes pensées

Et me montre partout des trames insensées.

Parmi ceux qui disaient t'aimer si tendrement

Quelques-uns, en effet, t'ont pleurée un moment ;

Mais bientôt pleurs et deuil cessant, suivant l'usage,

Ils ont répudié ta pure et sainte image.

Mon Dieu ! pour ce grand cœur qu'ils ne comprirent pas

Et que leur mémoire infidèle

Repousse et méconnaît même après le trépas,

Pardonnez, pardonnez pour elle.

Car suivant votre exemple aussi je vais, mon Dieu !

Pour vous plaire, oublier ma colère en ce lieu.

Esprit consolateur, éclairé par ta flamme,

Dans ton angélique douceur

T'adorant comme épouse et t'aimant comme sœur.

En toi j'ai trop longtemps caressé ta belle âme

Pour ne pas étouffer le germe de tout mal

Dans tes perfections, dans ton pur idéal.

Oui ! tout pour cet amour et si vif et si tendre,

Mais que seul aujourd'hui je ne saurais reprendre,

Car d'un monde de boue, impie et corrupteur,

Il a fui pour toujours ce rêve de mon cœur.

Et toi, tombeau jaloux que mes larmes arrosent,

Où pendant un instant mes douleurs se reposent,

Garde fidèlement, garde pour quelques jours,

Dans ton discret caveau, dans tes murailles sombres,

Ce beau buste élégant si peu fait pour tes ombres,

Ce corps aux gracieux contours.

Puisqu'il faut que la mort, loin de toute lumière,

Pendant des jours marqués nous réduise en poussière,

Quand tu voudras me recevoir,

Comme elle l'a prescrit dans ton sein froid et noir,

Souviens-toi des désirs que m'a légués son âme

Et des faveurs qu'ici moi-même je réclame :

Voici le dernier de mes vœux;

Je ne veux qu'un cercueil pour deux.

Dieu puissant que mes chants implorent,

Tombeau témoin de mes sanglots,

Que mes os soient près de ses os,

Que les mêmes vers nous dévorent!...

LE SONGE.

LE SONGE.

Le soleil de ses feux a brûlé la campagne,

De nuages épais s'obscurcit l'horizon,

Le tonnerre en éclats roule dans la montagne,

Le laboureur ému tremble dans sa maison.

Le matin était beau, la veille encor plus sûre,

La faux se préparait, la récolte était mûre,

Tous allaient recueillir le fruit de longs travaux,

Tous voyaient devant eux de bienheureuses trèves

Et de nombreux profits comptés vingt fois en rêves :

La fin de leurs sueurs et l'oubli de tous maux.

Mais voici tout à coup dans l'air qui se dilate

De grands nuages blancs crevant l'horizon noir;

En longs feux répétés l'éclair terrible éclate :

Tremble, mon laboureur, refoule ton espoir.

Va voir ce que devient ta récolte si belle;

Entends sur tes moissons les coups secs de la grêle;

L'orage dure encor quoiqu'il ait tout détruit;

Ton travail est perdu, perdue aussi ta peine;

Si ton espoir fut vain, ta perte est bien certaine,

C'est à recommencer et ton rêve s'enfuit?

Ainsi moi, j'avais mis vingt ans de l'existence

A cultiver mon champ que chacun m'enviait,

J'avais par mille soins doublé son abondance,

Chaque an de ses profits mon bonheur s'augmentait.

Mais nul n'est à l'abri d'invisibles colères,

Nul ne connaît sa part des humaines misères:

L'épreuve de sa vie et son dernier destin;

Nul ne peut se soustraire aux vengeances divines

Et pas plus que le chêne aux solides racines,

Dire : Je suis debout ! donc je serai demain.

Ce n'est pas mon travail, ma sueur rude et forte,

C'est mon champ tout entier en poussière réduit

Que l'orage m'a pris, que l'ouragan emporte,

Furieux et grondant dans la profonde nuit.

Ainsi j'ai vu mon bien dissout par la tempête

S'envoler en fumée, en vapeur sur ma tête :

De ses mille débris je n'ai pu rien sauver ;

D'un pas désespéré j'ai poursuivi sa trace,

Mais c'est en vain qu'errant je cherche dans l'espace ;

Pourra-t-il revenir, saurai-je le trouver ?...

Repris par l'ouragan dont la fureur m'enlève,

Croyant suivre mon champ, comme lui tourmenté,

Sur le plus haut des pics pour mieux voir je m'élève,

Mais le mont en éclats s'écroule à mon côté.

Brusquement arraché des hauteurs de sa cîme,

Je glisse épouvanté dans le profond abîme

Où de leurs flots glacés m'inondent les torrents,

Et toujours poursuivant mon bien qui se dérobe,

En cet abîme ouvert dans l'épaisseur du globe,

Dans un gouffre sans fond, horrible, je descends,

Au fond du gouffre était un lac aux eaux fétides

Où vivaient, dans des flots faiblement agités,

Des reptiles géants nourris d'algues putrides

Et des monstres affreux par la rage excités.

J'ai parcouru ce lac tout rempli d'épouvante,

Espérant voir mon champ comme une île flottante

Sur ce liquide noir, dans ce hideux séjour;

Mais mon être brisé, sans force et sans courage,

Dans les éclairs de sang que ramène l'orage,

N'a pu voir ce qu'il cherche, égaré sans retour

Du monde apparaissait l'époque primitive.

Le globe refroidi par les premières eaux,

N'offrait encore à tous que le séjour humide

Où, stupides, nageaient nos premiers animaux :

Je voyais des lézards, de malfaisants reptiles,

Des dragons fabuleux, d'immondes crocodiles

A l'aspect effrayant, aux regards chassieux,

Et j'étais devant eux une épave vivante

Que ces monstres couvraient de leur bave écumante,

M'accompagnant toujours, sombres, silencieux.

De mon voyage ainsi s'accomplissaient les actes

Sans que mon pauvre champ reparût devant moi.

L'orage encor versait ses froides cataractes;

Je ne sentais plus rien dans mon mortel effroi.

A l'horizon obscur d'une terre inconnue

Se montraient cependant assez près de ma vue

Le roseau gigantesque au panache flottant,

Le zamite élevé, la tremblante fougère,

Noirs végétaux privés de la clarté solaire,

En long crêpes de deuil sur le lac s'étendant.

J'allai, nageant toujours; la nuit devint moins sombre,

Le brouillard moins épais, l'air plus vif et plus pur,

Quoique encore voilé le jour remplaça l'ombre,

Du ciel on distingua bientôt le bel azur,

Mais accablé, vaincu, malgré ma rude écorce,

Je cessais de lutter, je perdais toute force

Au milieu de ces eaux, sans boussole, égaré.

Devant mes yeux voilés, sur ces froides surfaces,

Bondissaient des requins et des squales voraces;

Pour toujours je me crus de mon champ séparé...

Un sauveur inconnu me pousse vers la rive

Et je m'évanouis sous l'ombre des palmiers...

Là, je rêve et je dors sans que rien me ravive.

Longtemps, oh! bien longtemps, des mois, des ans entiers.

Le monde se paraît. De sa première flamme

Le soleil réchauffait l'énorme hippopotame,

L'auroch, père du bœuf, le monstrueux mammouth.

A mon regard s'offrait la plaine verdoyante

Formant de frais rameaux sa ceinture élégante,

Et des plus douces fleurs se parfumant partout.

Je m'éveillai; je vis, ô merveilleux prodige!

Je vis mon bien, mon champ couvert de ses moissons,

Pour payer mes labeurs m'offrant sur chaque tige

Les fruits accumulés de plus de vingt saisons.

Je vous voyais aussi, doux repos, longues trèves,

Oh bonheur! sur mon champ se promenaient mes rêves,

Mon rêve de la nuit et mon rêve du jour.

Avide, je portai vers mon ardente bouche

Le fruit le plus doré de ma plus belle souche.

Je pleurai sur mon champ de plaisir et d'amour...

Si le bonheur n'est pas, si la vie est un songe,

Si dans son lit doré que parfument des fleurs,

Sous son air séducteur se glisse le mensonge,

Si l'homme seulement n'est sûr que de ses pleurs,

Laissons l'illusion, ne voyons dans la vie

Que plaisir incertain, fortune évanouie,

Espoir, ombre, regret, vanité, fiction,

Et puisque le désir n'est qu'un éclair de flamme

Dévorant et brûlant tout ce qui touche à l'âme,

Du ciel, du champ divin prenons possession !

TABLE.

www.ingramcontent.com/pod-product-compliance
Lightning Source LLC
Chambersburg PA
CBHW070843030726
47504CB00005B/1197